フランス山

Maita Michio

真板道夫句集

ふらんす堂

序

私が「円座」を立ち上げたのは「古志」の長谷川櫂先生のお勧めによるものであった。もともと私は宇佐美魚目先生に師事し、同人誌「晨」の同人であった。ふとしたきっかけで飴山實先生の「京都句会」という吟行会に入れて頂き、そこで長谷川櫂にめぐり会ったのであった。長谷川櫂は何かをなす人だ、この人の行く先を見てみたい。そう思った私は魚目先生のお許しを得て創刊の時から「古志」に入会したのであった。だいぶ後になってから、魚目先生から櫂先生に私の「古志」入会をお願いするお手紙を書いて下さったことをお聞きした。

そういう訳で、私は「晨」と「古志」の同人として、楽しく有意義な俳句生活をおくることが出来たのであった。

それからだいぶ時が過ぎ、魚目先生が俳句から隠退なさった後のことであった。ある時「古志」の会に出席した折、櫂先生に別室に呼ばれた。新しく貴女の主宰する結社を立ち上げなさいと言われた。あまり突然のことなので呆然としていると、「決して『古志』の衛星誌を作れということではありません。宇佐美魚目を継承し顕彰する俳誌を作るのです。貴方なら出来る。『古志』からも出来るかぎり応援します。」とのことであった。

そういうことならばやってみようとすぐ決心がついた。俳誌のことも主宰になるということも、何ひとつ経験がなく、わからないことだらけであったのだが、何故かやれるような気がしたのであった。

櫂先生のご推薦のおかげで、立ち上げた「円座」にはたくさんの「古志」の方々が入会して下さった。

真板道夫さんもそのお一人であった。

パリになきフランス山や鳥交る

「フランス山」はヨーロッパのフランスにあるのではなく、横浜の港の見える丘公園にある。以前、名古屋からはるばる出かけてこの公園で吟行した時、あそこだよと教えてもらった。不思議な名前だなと思った。日本に「日本山」という名の山が無いように、きっとフランスには「フランス山」という名の山は無いだろう。恐らく外国人の多くが遊びに来る洒落た名ということでつけられたのだろう。私はその時の吟行で「薔薇の山越えてフェリス女学院」という句を詠んだ覚えがある。私が小学生だった頃、吉祥寺に住んでいて、横浜のフェリス女学院の中学に入りたいとあこがれていたのを思い出したからだ。きっと真板さんも「フランス」という名前にあこがれていらしたのだろう。

風鈴に魚目のよき句吊しけり

風鈴に吊るした短冊に、いったい宇佐美魚目先生のどの句を書かれたのかと真板さんに聞いてみた。幾つか句を書いて吊るしたけれど、この句の風鈴には「一山の鳥一つ木に秋の晴」の句ですよと真板さんは言われた。この句は「祝円座創刊」の前書きと共に「円座」創刊号の表紙の裏に自筆で魚目先生が書いて下さった祝句である。真板さんは東京のお住いなので魚目先生のことはあまりご存知ではなかったと思っていたが、このように魚目先生の俳句を喜んで下さっていてとてもうれしい。真板さんは「囀りの大樹となりし四年かな」という魚目先生への返句まで詠まれておられていたのであった。

春風や武藤紀子の行くところ

令和三年四月一日は「円座」十周年の記念の日であった。二、三年前から準備を始め、記念俳句大会と名古屋のホテルでのパーティを計画していた。皆で何度も集まり、ホテルの予約も取れた頃、コロナウィルスの大騒動が始まったのだった。どうにも仕方なく、皆が集まらなくても出来る「俳句大会」だけを開催することになった。大会の選者としてお願いした長谷川櫂先生の特選に選ばれたのがこの句であった。櫂先生の選評は〈「春風や」なんて武藤紀子にぴったりすぎるところが難といえば難。かといって「台風や」「凩や」では礼を失するであろうし、ここは未来への期待をこめて「青嵐」がいいか。上上吉の一句〉というものであった。私は気恥かしくて選ぶことが出来なかった句だ。

あぢさゐのこの世の色を見尽され

「悼　山内重子さん」という前書がある。

山内重子さんは「円座」同人ではなかったものの、「円座杉並句会」の重鎮であられた。

「円座」に入会される以前は、松村多美主宰の「四葩」で俳句を勉強されておられた。「四葩」が解散された後、重子さん達「花水木会」のメンバーは真板さんに頼り「円座杉並句会」として「円座」のお仲間になって下さったのだった。

「杉並句会」は俳句を心から楽しむことを生き甲斐にされて、お仲間の皆さんと和気あいあいとした句会となっている。

重子さんは長いあいだ俳句の世界におられて「四葩」ともいわれる「紫陽花」

の季語に象徴される、この世のさまざまな色彩を見尽くされたのであった。

初　嵐　一　夜　に　崩　る　砂　の　城

「妻脳出血にて入院」という前書がある。この日を境に真板さんの穏やかで充実した生活は終わってしまった。私は一度もお会いしたことはなかったが、真板さんを支える聡明で明るく優しい奥様であると感じていた。家庭裁判所調査官のお仕事をされておられた奥様は、ご長女に続きご長男が生まれた後に退職されておられる。

この句集『フランス山』を出版なさるのもきっと真板さんが奥様をはげますためではないだろうかと、私は思っている。

令和五年四月

武藤紀子

フランス山／目次

序・武藤紀子

Ⅰ　一九九四―二〇〇〇　11

Ⅱ　二〇〇一―二〇〇五　41

Ⅲ　二〇〇六―二〇一〇　85

Ⅳ　二〇一一―二〇一五　129

Ⅴ　二〇一六―二〇二二　153

あとがき

句集　フランス山

Ⅰ　一九九四—二〇〇〇

絵タイルの船がみちびく恵方かな

空襲は知らぬと法被どんど焼く

下の子もうがひ上手に寒明ける

受験子に夜ごと近づく箒星

父の死　二句

春北風忽ち父を過去形に

棺運ぶ人踏み躙る春の雪

啓蟄や物干す人へ遠会釈

水兵の上陸日和初ざくら

花はこべ優柔不断親に似て

仮の世の夫婦で探す桜貝

桜貝赤児に笑みをもらひけり

誰とかれ見合ひのうはさ水温む

春雨やまだついて来る迷ひ犬

涅槃図やわが干支の虎剝げ初めて

黄水仙ＹＥＳと言ふは易けれど

リハビリの母にまはせり紙風船

浅蜊飯妻の幼き日々知らず

燕飛ぶ麻布二の橋三の橋

山葵田の水もて清む道祖神

袋掛袋に湖の風入れて

葉桜や部員募集に馬も出て

独り居も愉し若竹去年の竹

柿若葉はがきを出しに一輪車

御柱建ちて哀しき木遣唄

青蛙少し荒れたる庭もよし

ででむしの角伸ばしてはためらへる

太宰忌の蝶あてどなき飛翔また

父の日や父亡き妻の杯を受け

樺忌や妻は忘れぬわが大志

祭笛妻の実家に住み慣れて

地下街をこども御輿の渡りけり

鱧食ふや闇も緑の鞍馬みち

べその子も次の波待つ浮輪かな

退職の明日よりかぶる夏帽子

身の丈を生き来て涼し退職日

セルを着て善の研究買うて来し

街角に鈴振る僧や今朝の秋

オーボエの音秋の水ひろがれる

寺山の石に還りし墓洗ふ

浜良夜素足となりし妻若し

月祀る卒寿の母の京言葉

預かりし嬰の指あそび十三夜

かかさまにおつるに菊の雨またも
松虫草おぼえて戻る朝の試歩

こほろぎの跳ぶあとあとを土間箒

鳩の像に鳩止まり居る小春かな

文焼けばしぐれにけぶるみれんかな

土の塀雪吊りの影細やかに

筆吊す奈良の大店冬日向

冬日向猫と遊んで遊ばれて

六十路なほ見えぬいろいろおでん煮ゆ

母託すと決めしホーム冬桜

咳しては退社あいさつ続けらる

柚子の香の湯をたつぷりと犬洗ふ

犬橇の地獄の底より帰りたる
やらふべき鬼も愛しき一人かな

Ⅱ

二〇〇一―二〇〇五

奥山の猿より享くる御慶かな

俳人の忌日増えけり初暦

木洩れ日の淡きを鋤けり鍬始

俳諧の俳の一文字吉書揚

散らかしに来る子の一家寒明ける

志捨つれば余生地虫出づ

石灰《ばい》撒きて早春の景汚しけり

雨三日春の畑となつてゐし

農園にいつもの仲間春の雲

工事場の塀に未来図燕飛ぶ

村挙げて将門贔屓野火放つ

父書きし苗札しかと立てにけり

雛飾る鉛筆書きの母のメモ

雛つつむ母の匂ひの桜紙

亡き母に届く春蒔花の種
さくら舞ふわが散骨もかくのごと

仏の名負ふ三山や遅桜

春月やいつかあひ似し影法師

かたかごやわが武蔵野の隠れみち

しやぼんだまゆつくり吹きてやはらかし

望郷や栞に褪せしつぼすみれ

をさな子の歩み八十八夜かな

葱坊主晩学ときにへこたれて
主を讃ふパイプオルガン夏来る

はつなつの水を吸ひ込む砥石かな

たかし忌や差す目薬のうすみどり

朝風や甲斐は武の国旗幟

鯉幟かなしきときも尾を振りて

筍にけものの重み抱き取る

火を吐ける大道芸人街薄暑

父の日や父のレシピのオムライス

麨や嫁きて変りし箸づかひ

桐の花かしぎて止る秩父線

祈りもて始むる授業朴の花

門守る蟇なりまばたけり

老鶯のそここに鳴き一羽なる

土砂降りへ出て行く女御輿かな

荒梅雨や薬の匂ふ小抽斗

初蛍父母の遺影に放ちけり

春彦逝く十薬庭に茂るとも

女郎蜘蛛のひと夜の業をたたへけり

妻かなし荘に着くなり草引きて

花石榴熱海の雨を連れて来し

末座には団扇を配る通夜かな

叱られて水母つつきし疎開の子

痩せこけし裸子はわれ笑ひをり

日覆や赤旗も売る荒物屋

かなぶんに窓を打たせて早寝かな

夜の秋ひつそりと着く集金車

とらはれてみんみん蟬はもう鳴かず

空蟬の何を恃みし面構へ

新涼の朝日をつかむ赤児かな

はつあきを入れてまはしぬ万華鏡

清秋や砂噴き上げて水生まる

久女逝きし町よカンナは天に燃え

母の死　六句

つくつくし病母に言へぬこと増えし

蚯蚓鳴く看取りのものは泣けぬまま

苦しみの果ての安らぎ鉦叩

長き夜や遺体を照らす豆電球

どこからか焚火のにほひ棺を出す

葛湯吹く介護三年終りけり

捕りそこねいつしか本気バッタ追ふ

絵硝子のユダわが胸に秋日和

吾亦紅揺らして森の無聊かな

太陽の塔老いにけり雁渡る

箕面

葛の花修験路今は散歩道

貴船菊三歳にして姉の顔

教材のどんぐり山へ返しけり

純白の身支度神の松手入

讃美歌をうたふ一群冬の墓

短日やかたみ分けとは捨つること

雪道に灯火こぼし小商ひ

冬星座異国の神は猛々し

炭つぐや京に流るる京の時

赴任地のここもわが町歳の市

凍蝶の風に抗ふ力かな

枯蟷螂祈りのさまにことされし

葛湯溶く吉野古杉の太き箸

諍ひに負けし夫に毛糸編む

寒に入る清く澄む玉抱くごと

寒に立つ十大弟子の眉目かな

赴任地やみやこわすれの枯れてゐし

Ⅲ　二〇〇六—二〇一〇

聖餐のワインの渋味年新た
闇路親し破魔矢の鈴を聞けばなほ

人日やいつもの位置に椅子戻り

一の矢は鬼門に放つ弓始

町ぢゅうの子ども集めてとんどかな

春めくや妻の背中にわれの影

針納針と別るる齢きて
好きな木の芽立ち見に行くだけの旅

しりとりに交ぜてもらひぬ春の旅

会釈せし人とまたあふ梅見かな

落第子花束抱き戻りけり

青き踏む五欲の力揺り起し

花辛夷しづかに開く祈りの手
灯せば京の暗さや雛の間

眉筆も嫁入道具雛飾る

雛吊す伊豆の朝風きらきらと

吊し雛どれも丸顔母のかほ

初花や鉛筆で書く旅便り

素足なら下りられる土手つくし生ふ

連翹や灯点るまでを庭仕事

座禅草月の霊気を身にまとひ

逃げ水のいつか暮色に紛れゐし

紅深きガレの一燈春惜しむ

葱坊主立たされ坊主夕チャイム

今開く純金の蕊白牡丹

剪られけり衰へ初めし白牡丹

ゆるやかに雲行きかよふ牡丹かな

よく泣いてよく乳飲んで花は葉に

葉桜の鎌倉映すグラスかな

若葉風水切りの石どこまでも

膝抱くは少女の証し街薄暑

わが庭に生れて育ちし草引ける

鎌研いで終る一日えごの花

ゆつくりと老爺に戻る昼寝覚

とほき世の淡きくれなゐ大賀蓮

白着れば死者の安らぎうたた寝す

杜若骨美しき少年期

茄子の花朝いきいきと始まれり

庭たちまち深山のごと梅雨早し

妻病めば溢る屑籠梅雨永し

荒梅雨や旅のはじめもまんなかも

父の日の夜は修しけり樺の忌

萩活けて樺忌はるかに修しけり

迷ひても戻らぬ月日蝸牛

家系図は男子の系譜夏祭

水打つや戦終りし日のごとく

あづかりてかたみとなりぬ水中花

さくらんぼ悲しい時は眼を瞠り

七十やただ箱庭を来たるごと

すべて夢青年歌集徽激し

夏帽子少女の如き遺影かな

夕焼果つ何か優しき言葉欲し

潮満ち来若狭の月の涼しさに

剃り入れて男踊りの女かな

はつあきの海の音きくふたりかな

一病のふえて息災涼新た

狂ひつつ時打つ時計敗戦日

兵装の遺影も語れ敗戦忌

組み上がるつひの住家や月渡る

月の川集めてまろき諏訪湖かな

ちよと借りる妻のサンダル十三夜

いかがせむなほ松茸のかをる籠

吾亦紅見えざるものにうなづきて
鉦叩世に遺すもの何か欲し

存分に鳴きしちちろの骸かな

抱き寄せあやして菊を括りけり

悪役もまとへる気品菊人形

泣きに来し娘に大根抜きにけり

乳母車押させてもらふ小春かな

戸籍から息子出で立つ小春かな

木枯やもの煮る妻がなにか言ふ

晩学の道幾曲り雪霏々と

着ぶくれてとぼけ上手となられけり

帰りにはどんぐり拾ふ七五三

武蔵野の土抱きしむる冬菜かな

愚痴言はぬ母でありけり青木の実

あたたかき冬至賜はる雀かな

百人に千の想ひや賀状書く

少しだけ明日を信じて日記買ふ

打ち据ゑて寒敲き出す木魚かな

老いるとはものさがすこと日脚伸ぶ

Ⅳ

二〇一一—二〇一五

初旅やまだ名前なき子に会ひに
持ち寄れる生計のにほひ針供養

春寒を父にぐちれる墓参かな

雪しづく集めて大河龍太の忌

東日本大震災

春北風つくづく遠き家路かな

蛇穴を出づ十戒を教へねば

嫁ぎても長女は長女雛飾る

初蝶を乗せて着きけり縄電車

あやとりのまた川となる日永かな

パリになきフランス山や鳥交る

円座俳句会

囀りの大樹となりし四年かな

ばあちゃんにだけはと見せるすみれかな

はつなつや立ち漕ぎで行く深大寺

ひそと逝く大正生まれ朴の花

父の日や結界に置く石ひとつ

避難児も氏子のひとり祭髪

海月浮く悲しきことはすぐ忘れ

積み上がる昭和の想ひかき氷

叡山の風もしつらへ夏料理

馴初めは腕にとまりし藪蚊とか

子を連れて謝り歩く西日かな

底紅や思ひ出ちがふあねいもと

裏富士や森閑として葡萄熟れ

じゃんけんで登る石段葛の花

今晩は泊まれと据うる新酒かな

城巡る万の踊り子一揆の地

月渡る人の住む里住めぬ里

長き夜の母の聖書に線あまた

祝『柿と母』上梓

美濃の日々ふるさとの日々柿の日へ

祖母と読む字のなき絵本小鳥来る

風狂の果てのかがやき烏瓜

朝の試歩茶の花垣の尽くるまで

冬立つやなだめて使ふ腰その他

浜焚火船ことごとく戻るまで

浮寝鳥何聞かれても生返事

家鳴らす丹波の夜風薬喰

雪女郎来よまくれなゐの帯締めて

雪女郎来るぞ来るぞと寝かせけり

祝『輪飾』上梓

ホ句の神永遠に坐しませ注連飾る

来客も抱かせてもらふ柚の香の児

ふだん着でひよいと浅草歳の市

笹子鳴くわが青春の隠れみち

老いしかな老いざる鬼を打ちつづけ

V

二〇一六—二〇二二

去年今年連れ合ひといふたからもの

三寸の未来の厚さ初暦

胃カメラの自在を許す四日かな

気がつけばたそがれの街とんど果つ

土龍打大きな月が上がりけり

春コート妻と歩めば旅めきて

フクシマは未だフクシマ鳥帰る

紫荊ひと許さねば赦されず

寄り合うてゆふぐれの色残り鴨

紙雛息吹き入れて立たせけり

春風や武藤紀子の行くところ

人丸忌石見は風に青むころ

つばくらめ水の常陸のひろびろと

実朝は永遠の青年桜飛ぶ

吉野芳雲館　二句

灯を消せば三千世界夜の桜

みよし野の花の流るる朝湯かな

花行脚西行庵につひの杖

姉の死

死に抗ふ息の荒さよ散る花よ

つくし摘むちょつとなら待つ渡し舟

山盧後山出ればこの世蛙鳴く

敷石の三角四角雀の子

かひやぐら死なれて分かる父のこと

白牡丹みなおなじ色ちがふ色

石握る少年ダビデ青嵐

黒潮が磨きし美肌初鰹

悼　山内重子さん

あぢさゐのこの世の色を見尽され

祝『鳥の手紙』上梓

地に開く天女の宴菖蒲園

古文書解読

読めぬ文字きららのせゐにしてしまふ

海ほほづき従妹が欲しい女の子
ほほづき市この日のための紅差して

試し履く下駄の固さよ不死男の忌

青春の書みな文庫本土用干

祝『さへづり』上梓

京北の涼気の届く土用かな

風鈴に魚目のよき句吊しけり

抱く児にしやぼんの匂ひ夕涼み

澄む水に磨くや北山杉丸太

栗の飯諍ひながら共白髪

存分に笑つてさみし敬老日

妻も子もなにかに励む夜長かな

風の名の酒がお供や走り蕎麦

妻脳出血にて入院

初嵐一夜に崩る砂の城

妻倒るこの新米を待ちゐしが

新米の喜び妻と在りてこそ

魚目逝く

主なき大筆小筆秋深し

世渡りが下手で幸せところ揺る

惜秋や指もて巡る地図のパリ

吉野紙色なき風を漉き込める

子と泳ぐ昼の銭湯神の留守

思ひ出を仕立て直してちやんちやんこ

山眠るもはや高さを争はず

雪婆けふはどの子を連れて行こ

明治神宮御苑

すめらぎも氷穿ちて釣られしか

三寒の魚目四温の紀子かな

祝『冬干潟』上梓

欷歔あれは海鳥の声冬干潟

あとがき

俳句は、平成六年、職場句会において見よう見まねで始めてから三十年近くになります。この間、「藍生」において黒田杏子先生に、「古志」において長谷川櫂前主宰、大谷弘至主宰に、そして「円座」において武藤紀子主宰のご指導を受けてまいりましたが、不肖の弟子故に、俳句を充分に理解し得たかどうか今なおよく分かりません。ですから、作った句は、芭蕉の言葉を借りて、「文台引おろせば即反故也」と放っておいたのです。

ところが、令和二年秋、五十年以上人生をともにしてきた妻が突然脳出血に襲われ、右上下肢麻痺、高次脳機能障害による記憶力の減退などの障害が残り、要介護五の認定を受けました。無論老老介護は不可能なため、今は老人施設に起居しております。コロナ禍のために会うことができない日々が続きました。かくて、私の余生を楽しむ夢は消え去り、十字架を背負う日々が始まりました。

しかし、その中にあって、僅かに救いとなっているのは、俳句の存在です。妻は俳句を読まず、私がどんな句を作っているのか関心を持たなかったのですが、それでも、私が句会や結社誌で好成績を収めると一緒に喜んでくれました。それが私の句作に大きな励みとなりました。

そして今、作った句を読み返すと、そこに私たちの哀歓が刻みこまれていると感じました。今後妻の意識が元に戻ることは、奇跡でしょう。でも、もし、その奇跡が起って私の句集を読む日が来たらどんなに喜んでくれることやら。これが、句集を編むこととした動機です。

句集に収めた句は、「古志」に掲載されたものを除く作品の中から「円座」主宰武藤紀子先生に選んでいただきました。序文も賜りました。身に余る光栄です。有難うございました。なお、「古志」掲載句につきましては、機会が得られれば、第二句集としてまとめたいと考えております。

とは申せ、私の持ち時間は「神のみぞ知る」です。その制約の下、生き続ける妻のためにもほそぼそと句を作って行きたいと願っております。主よ、我らを憐み給え。

この出版にあたり、ふらんす堂の皆様には大変お世話になりました。文末になりましたが、厚く御礼申し上げます。

令和五年四旬節に

真板道夫

著者略歴

真板道夫（まいた・みちお）

昭和13年（1938）　父の任地福岡市に出生
平成６年（1994）　職場句会により作句開始
平成８年（1996）「藍生」入会（平成23年退会）
平成20年（2008）「古志」入会（平成24年同人）
平成23年（2011）「円座」入会（創刊同人）

現住所　〒167-0054　東京都杉並区松庵2-8-11

句集　フランス山　ふらんすやま

二〇二三年七月二九日　初版発行
著　者――真板道夫
発行人――山岡喜美子
発行所――ふらんす堂
〒182-0002 東京都調布市仙川町一―一五―三八―二F
電　話――〇三（三三二六）九〇六一　FAX〇三（三三二六）六九一九
ホームページ http://furansudo.com/　E-mail info@furansudo.com
振　替――〇〇一七〇―一―一八四一七三
装　幀――君嶋真理子
印刷所――三修紙工㈱
製本所――三修紙工㈱
定　価――本体二六〇〇円＋税
ISBN978-4-7814-1574-1　C0092　¥2600E
乱丁・落丁本はお取替えいたします。